献给我的爸爸妈妈，你们是最棒的外公外婆。

——朱迪思·维奥斯特

我要收拾安东尼
Wo Yao Shoushi Andongni

出品人：柳　漾
编辑总监：周　英
项目主管：石诗瑶
责任编辑：陈诗艺
助理编辑：郭春艳
责任美编：赵英凯
责任技编：李春林

I'll Fix Anthony
Text Copyright © 1969 by Judith Viorst
Illustrations Copyright © 1969 by Arnold Lobel
Simplified Chinese edition copyright ©2018 by
Guangxi Normal University Press Group Co.,
Ltd.
This edition arranged with Don Congdon
Associates, Inc. and Executor of the Estate of
Arnold Lobel through Big Apple Agency, Inc.,
Labuan, Malaysia.
All rights reserved.
著作权合同登记号桂图登字：20-2016-137 号

图书在版编目（CIP）数据

我要收拾安东尼／（美）朱迪思·维奥斯特著；（美）艾诺·洛贝尔绘；周英译．一桂林：广西师范大学出版社，
2018.3
（魔法象．图画书王国）
书名原文： I'll Fix Anthony
ISBN 978-7- 5598-0405-1

Ⅰ．①我… Ⅱ．①朱…②艾…③周… Ⅲ．①儿童故事 – 图画故事 – 美国 – 现代 Ⅳ．① I712.85

中国版本图书馆 CIP 数据核字（2017）第 272025 号

广西师范大学出版社出版发行
（广西桂林市五里店路 9 号 邮政编码：541004）
网址：http://www.bbtpress.com
出版人：张艺兵
全国新华书店经销
北京尚唐印刷包装有限公司印刷
（北京市顺义区牛栏山镇腾仁路 11 号 邮政编码：101399）
开本：787 mm×1 010 mm 1/16
印张：2.25　插页：8　字数：28 千字
2018 年 3 月第 1 版　2018 年 3 月第 1 次印刷
定价：34. 80 元

如发现印装质量问题，影响阅读，请与印刷厂联系调换。

我要收拾安东尼

〔美〕朱迪思·维奥斯特 / 著 〔美〕艾诺·洛贝尔 / 绘 周 英 / 译

GUANGXI NORMAL UNIVERSITY PRESS

广西师范大学出版社

·桂林·

我哥哥安东尼

会读书了，

可他一本也不肯给我读。

他总和同学布鲁斯下跳棋。

但只要我想玩，

他就说："走开，小心我揍你！"

而且，

我都让他穿我的史努比毛衣了，

他却从来不肯借宝剑给我玩。

妈妈说，

在内心深处，安东尼是爱我的。

安东尼说，

在内心深处，他觉得我很讨厌。

妈妈说，

在内心的最深处，

连安东尼自己都意识不到的地方，

他是爱我的。

你真讨厌！

安东尼说，

在内心的最深处，

他还是觉得我很讨厌。

等我到了六岁，

我要收拾安东尼。

等我到了六岁，

会有一条狗跟我回家。

它会讨好我，会打滚，还会舔我的脸。

要是安东尼敢逗它一下，
它准会给他一口。

等我到了六岁，安东尼会得风疹，

爸爸只带我一个人去看棒球比赛。

接着，安东尼会得腮腺炎，

妈妈就带我一个人去看花展。

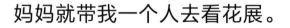

然后，安东尼会染上流感，

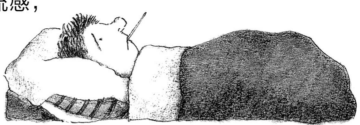

爷爷会带我一个人去看电影。

我不用给安东尼留爆米花，除非我乐意。

等我到了六岁，

我们比赛谁跳得快，

当然是我赢了。

接着，我们比赛跳高，

当然还是我赢。

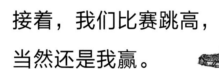

然后，我们玩"点兵点将"的游戏，

安东尼总是出局。

到时候，他一定会气疯的。

等我到了六岁，我能读

安东尼还在

"安东尼，你投谁的票？"我会问他。

等我到了六岁，

我就能倒立了，而且腿一点儿都不抖。

安东尼呢，他的腿抖得可厉害啦！

要是有人挠痒痒，我一定不会倒。

即使有人故意弄疼我，我也不会倒。

就算有人威胁我说，
要么投降要么挨揍，
我还是会稳稳地倒立着。

而安东尼呢，别人一挠痒痒，他就投降啦！

等我到了六岁，

我就知道怎么削铅笔了。

"看！就像我这样做，安东尼。"我会说。

等我到了六岁，

我能在水上漂浮，

安东尼却总是沉到水底。

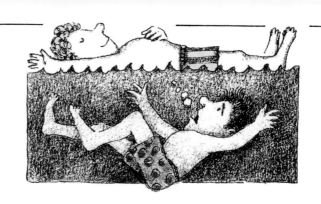

我敢从跳板上跳下去，

安东尼却一次又一次地退缩。

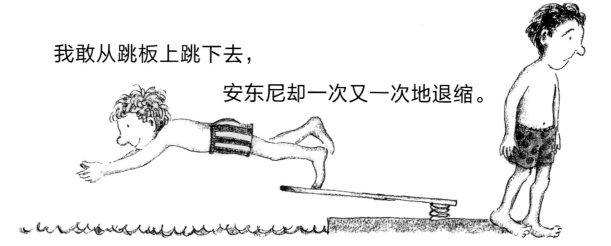

我能在水中换气，

安东尼只会不停地

咕嘟咕嘟。

等我到了六岁，

我会长得很高，安东尼却很矮。

因为我吃很多胡萝卜和土豆之类的东西，

安东尼却总是吃糖豆，喝根汁汽水。

我要把他的红色运动鞋放在架子的最高层，

就算他站在椅子上也很难够着。

那样的话，
他不得不求我帮他拿鞋，
我会告诉他：“你要说‘请’。”

要是他不肯说，
就算等上一百年，
他也拿不到那双鞋。

等我到了六岁，我已经会心算了。

安东尼还只能掰着手指头算。

等我到了六岁，我们比赛跑步，
安东尼还没跑过消防栓，我就已经跑到街角了。

就算我让他先跑，也无济于事。

等我到了六岁，很多朋友会给我打电话，

就是没人打给安东尼。

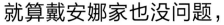

我能在查理或埃迪家留宿，
就算戴安娜家也没问题，
安东尼只能乖乖睡在家里。

"再见啦，安东尼！"

等我到了六岁，

我能帮别人搬从超市里买来的东西。

他们肯定会对我说："你真强壮！"

安东尼肯定做不了这种事。

等我到了六岁，
轻轻松松就能分清左右，
安东尼怎么也分不清。

当然，
我还会看时间，
安东尼怎么也做不到。

我说得出我们的街道和城市，有时候还能记住邮政编码，

可安东尼什么都搞不清楚。

如果他迷路了，我还得把他给找回来。

等我到了六岁，
安东尼还会从自行车上摔下来，

而我  不用扶车把手也能骑。

"又摔下来啦？"
我会这么问他。

等我到了六岁，
我敢让罗斯医生检查我的喉咙有没有发炎。

要是他给我打针，我也不怕。

"学学你弟弟，勇敢一点儿。"罗斯医生对安东尼说。

可安东尼就是做不到。

等我到了六岁，  我就开始换牙了。

我会把掉落的牙齿放在床底，等牙齿仙女用硬币来跟我交换。

而安东尼的牙齿一颗都没掉。

他用力地摇啊摇，还是纹丝不动。

牙齿：10元/颗

我可能会卖给他一颗我掉的牙齿，

也可能不会。

等我到了六岁，玩宾果游戏我会一直赢，
安东尼连一次都赢不了。

玩井字游戏，不管我选"O"还是选"X"，都会赢。
"你太差劲了，安东尼。"我会说。

不过此时此刻，安东尼正要把我赶出游戏室。

他说我讨厌。

他说他要揍我。

我现在得赶快跑——

但等我到了六岁，就不用再跑啦！

等我到了六岁，

我要收拾安东尼。

魔法象

为你朗读，让爱成为魔法！

The Magic Elephant Books

我要收拾安东尼

GUANGXI NORMAL UNIVERSITY PRESS
广西师范大学出版社

扫一扫，更多阅读服务等着你

倾听孩子成长宣言背后的渴望

吴海霞／儿童阅读推广人、老约翰绘本馆阅读指导总监

当大人们高声唱着"我不想、我不想、不想长大"，卯足力气要做回小孩时，有那么一些小小的孩子，他们是那么渴望长大。

比如，早在几十年前，张爱玲就曾说起过这样的童年理想："八岁我要梳爱司头，十岁我要穿高跟鞋，十六岁我可以吃粽子汤团，吃一切难于消化的东西。"

比如，在《我要收拾安东尼》这个童年的天真光彩照人的可爱故事里，在故事刚刚揭开序幕就气壮山河地宣称"等我到了六岁，我要收拾安东尼"的小男孩。

这个小小孩在书中的每一页都畅想了"等我到了六岁"的美妙图景，而哥哥安东尼则是一幅幅美妙图景中，被六岁的他打击得溃不成军、出尽洋相的倒霉蛋。所以，我们可以把这本书看作一个小小孩的成长宣言。

而我，现在更愿意把它当成一个多孩家庭中兄弟姐妹的日常故事讲给你听。在越来越多的家庭拥有不止一个孩子的当下，我想，从这个角度呈现的意蕴，或许会给我们更多的体会和启发。

不知道写出这个故事的作者是不是也是家中的小小孩，不然，怎么能将这个小小孩看似喃喃自语又豪情万丈的心里话写得如此真实又充满童趣呢？

在兄弟姐妹众多的家庭中，很多时候，"小"意味着"弱"，意味着你从一出生就必须与哥哥姐姐们分享一切，大至亲人的爱，小到一个玩具。而很多时候，对于一个小小孩来说，爱就意味着独占的温暖和安全感。所以在故事中，作为小小孩的"我"，希望"等我到了六岁"，安东尼生各种各样的病，这样"我"就可以独自和爸爸妈妈、爷爷待在一起。真是不忍心去责备他这些小小的"坏心思"啊，因为这些天真童趣又无伤大雅的小心思，恰好体现了一个不得不与哥哥分享亲人之爱的小小孩内心真实的渴望。

其实不仅是小小孩，在那些刚刚迎来小宝的家庭，大宝也常常会有这种失落的心态。而作为大人的我们，在日常和孩子的相处中，如何让每个孩子都感受到来自父母的独特的爱，也是一门必修课。

我有一位朋友，是一位很有智慧的二宝妈妈。当二宝还小的时候，尽管照顾二宝的饮食起居占据了她很大一部分时间和精力，但她仍和大宝约定，在一周中固定的一天，亲自接送大宝上学和放学，

玛努拉·奥尔特 @ 魔法象：

真正的男子汉

媒体推荐

玛努拉·奥尔特擅长通过丰富、细致入微的画面和极少的文字来表现主人公的情绪。《真正的朋友》就是如此。这本图画书通过两个孩子的面部表情呈现了他们从进攻到防守，再到后悔，最终宽恕对方的吵架全过程。

——瑞士《新苏黎世报》

愤怒情绪会组织而不是破坏我们的关系，愤怒的一大作用便是帮助我们重新发现"被低估"的感情。因此，愤怒情绪的表达并不会破坏理性的思考，反而有助于我们建立理性的思考。

——汤淼（国家二级心理咨询师）

童年的秘密

蔡冬青 / 儿童文学硕士

"我要收拾安东尼"——一看到封面上的图画和这个书名，一个自信、调皮、古灵精怪、点子多多的坏坏小男孩形象立刻出现在我眼前。我似乎看到了他那正在蓬勃生长、欣欣向荣的精神世界，也看到了他那没有被破坏的、孩子气的行为逻辑。

"让孩子在孩子的年纪就像个孩子。"这看起来理所当然的一句话，事实上实践起来并不容易。特别是在一提到教育，焦虑感就普遍蔓延的当下，如何维护一个孩子做自己的权利，还真是摆在每个父母面前的一个难解的课题。

这本图画书的主角——安东尼的弟弟，用一连串完美的充满想象力的自述，向我们展示了什么是天然的、未经雕饰却闪闪发光的儿童思维。

是的，一个孩子从进入幼儿园的第一天开始，就不得不因为要被社会化而渐渐放弃一些源于生命之初的特质。这是必然的，没有必要哀叹和惋惜。然而，也正因其"渐行渐远并一去不返"的必然，才使这些特质显得弥足珍贵。

在这些特质里面，以自我为中心是最为突出的一种。就像这个故事的一开始，哥哥安东尼会自己读书了，可他一本书都不肯读给弟弟听；安东尼跟朋友下跳棋，却从不让弟弟碰，还因为弟弟的打扰而扬言要揍他……这其实是两个没有完全"去自我中心"的孩子的心灵碰撞。

故事里的弟弟没有进行自我介绍，所以我们不知道他有多大。但这里面有一个关键的年龄信息——等他长到六岁（在他的认知判断里，到了这个年纪，就会比现在的安东尼厉害），他要收拾安东尼。也就是说，安东尼和弟弟应该还处于学前儿童的"认知和言语自我中心"阶段。这一阶段的儿童，看待事情完全是从自己的视角出发的。他们没有被完全教化，也还没能完全领悟社会的规则，建立道德感，不能产生移情，并协调自我和他人的关系。然而，这样的一段时光对于儿童的心理发展是至关重要的，应该受到尊重和保护。在这个成长时期，如果能够得到成人建立在充分理解之上的包容，孩子就会慢慢建立起稳定的自

《真正的朋友》

德国奥尔登堡儿童及青少年图书奖得主玛努拉·奥尔特细致入微地展示了孩子吵架的全过程,幽默至极,教孩子正确处理人际关系,体会友谊的真谛。

[德] 玛努拉·奥尔特 / 著·绘
刘海颖 / 译

作者所获荣誉:
2004 年德国奥尔登堡儿童及青少年图书奖

定价: 34.80 元
印张: 4
开本: 8 开
适读: 2~4 岁、4~8 岁
出版: 2016 年 1 月
领域: 社会、健康、语言
装帧: 精装
要点: 人际关系、友谊、幽默
ISBN: 978-7-5495-7342-4

内容简介

　　真正的好朋友是怎样的呢? 吵架、丢书包、扔帽子、抓头发……看, 一开篇, 故事中的两个小男孩已经扭打在一起了。他们的"战争"引来了孩子们的围观, 也引起了老师的注意, 老师赶过来干脆利落地分开了他们。"发生什么事了?"她问道。于是, 拳脚相加变成了恶语相向, 其中一个男孩振振有词地说:"他扔了我的书包!"另一个也毫不示弱:"他偷了我的帽子!"一个男孩控诉:"他把黄油抹在我脸上!"另一个就指责:"他把鼻屎抹到我外套上!"……

　　《真正的朋友》情节简单、故事幽默, 完整呈现了两个孩子从吵架到和好如初的过程, 向小读者阐释了什么是真正的朋友, 教他们正确处理人际关系, 体会友谊的真谛。

我认知，构建起自身和世界的良好关系。

另外，儿童对时间的认知，也跟成人完全不一样。越小的孩子，越难以把握时间的线性关系，他们不是基于逻辑而仅仅是基于知觉来理解时间。然而，很多很多童真和童趣，也

恰好是因为这样的"混沌"而产生的，不是吗？譬如弟弟的"等我到了六岁……安东尼将会像这样那样地被收拾"这个贯穿全书的有趣想法。当我们的小读者沉浸于书中，弟弟这一个又一个对"不再长大的安东尼"的恶作剧想象，并哈哈大笑的同时，会不会生发出"知音"之感？自己对家里或者邻居那个大哥哥假想了一千次的情节在书里发生了，原来每个孩子都这样想！把这一切活灵活现地画进书里，多么带劲呀！

当然，榜样崇拜对于孩子们来说也极为重要。他们通过模仿榜样，把知觉到的思维、感情、行为等融入自己原有的认知体系中，从而改造经验而

获得成长。我们不难猜想到，现实中的弟弟肯定无论如何也跳不了安东尼那么高，而且在游戏中也总是出局；现实中的安东尼，肯定总是嘲笑弟弟爱吃糖豆、喝根汁汽水，而且还得意扬扬地对着弟弟削铅笔……原来，那个弱小的安东尼就是现实中的"我"，而那个想象出来的"我"，其实是安东尼在"我"心中的形象。让这本书读起来尤为温情和暖心的是，整本书虽然从头到尾都是弟弟对哥哥的控诉，却又处处透着弟弟对哥哥的崇拜和喜欢。而我们也相信，那个嘴上说弟弟"你真讨厌"的调皮哥哥，正如妈妈说的那样，潜意识里也是爱着弟弟的。他只是想在弟弟面前呈现出一个最棒的自己——他用特殊的方式表达和传递爱，嘴上不说却让人看了心里就会明白。

事实上，一直有这样一个声音的存在——幼儿园混龄编班，可能更有利于儿童各种能力的发展。或许，每个小哥哥都希望在小屁孩们面前表现得更像一个英雄；而每个小弟弟也都乐意跟随哥哥这一榜样，更加努力地去探索怎样才能成为哥哥心目中的英雄吧。

我曾读到过一位妈妈的一段话："妹妹刚出生时，姐姐咬她、打她，觉得她抢走了全世界；如今，姐姐疼她、爱她，不允许任何人欺负她，为了她可以与全世界为敌……"作为两个孩子的母亲，我深深为之触动并充满感恩。那种不需要刻意经营

给他讲睡前故事，周末也会尽量安排一小段与大宝独享的时间，带大宝去喜欢的餐厅吃饭，只陪他一个人玩。随着二宝渐渐长大，虽然更多的时候是一家人一起享受休闲时光，但她和先生仍然跟两个孩子各有一些不一样的秘密小约定，时不时会给孩子一些专属的小惊喜，让两个孩子坚信他们都是爸爸妈妈的最爱。

在这本书中，我们的小小孩不仅希望到了六岁，能有更多机会独享亲人之爱，还自信满满地说了很多"等我到了六岁"时的人生理想：会读报、会倒立，长高了、强壮了……甚至连比安东尼早换牙这样的事，他都事无巨细地说了个遍。我想，他絮絮叨叨讲给我们听的这些，大概都是平时安东尼能做到、而小小的他不能做到的事情吧？到那时的他有多骄傲，大概现在的安东尼就有多自豪吧？在读到一页页的"等我到了六岁"，被这个可爱的小孩逗得哈哈大笑的同时，我也好想抱紧这个幻想六岁时要风得风、要雨得雨，可能眼下正被哥哥安东尼万分嫌弃的小孩，告诉他："其实你也很棒啊，安东尼像你这么大的时候，根本什么都不会！"

当小小孩面对大小孩的强势和嫌弃而感到沮丧和孤立无助的时候，大人适时的鼓励和帮助必不可少。比如，用那些他已经能做得很好的事情鼓励他，帮助他重新建立自信；有大小孩在场的时候，多给小小孩一些机会，让他来表现"我也行"；对小小孩的点滴进步给予赞赏，让大小孩也能认同和欣赏小小孩；适当的时候，让大小孩来当小老师，教小小孩一些本领……这样，既满足了大小孩好胜的天性，也让小小孩能够如愿融入到大小孩的圈子中来。

不过，作为大人，虽然我们有责任在孩子们敏感脆弱的时候给予帮助，但是也无须事事参与。有时候，我们只需要向他们投以关注的目光，放手让他们自己解决问题。对孩子来说，这也是一种成长。其实孩子并没有我们想象的那么脆弱，如果我们对他们多一些信心，就会发现，很多孩子是天生的积极心理学习得者，尽管有那么多搞不定的状况和无法掌控的局面，他们仍然会躲在暗影里偷偷地笑、静静地成长。就像书中的小男孩那样，哪怕面对"此时此刻，安东尼正要把我赶出游戏室。他说我讨厌。他说要揍我"这一窘境，不得不逃离现场，但是仍然不忘"等我到了六岁，就不用再跑啦！"这一想法来安慰和鼓励自己。

如果你是两个或者更多宝宝的爸爸妈妈，请你一定和孩子们一起读一读这个故事。让大小孩学会倾听小小孩的心声，学会换位思考，或许，"安东尼"们也能够给小小孩多一些体贴、关爱和等待；让小小孩从中找到共鸣，得到安慰，原来世界上也有那么一些小孩，和他们有着一样的"理想"。"小"又有什么关系？总有一天会长大。

而我们这些和孩子们一起读这个故事的大人，也会发现另一条走进孩子世界的通道，了解孩子之间相处的秘密，并听到他们成长宣言背后的渴望。

就天然存在的血脉亲情，是属于每个拥有它的人独一无二的珍宝。

想象一下，如果来个安东尼版本的"怎样收拾小弟弟"，相信也一样精彩绝伦。一定会有个让安东尼有时候有点儿嫌弃又看不上，有时候又无比怜惜、疼爱，想要保护和亲吻的小弟弟形象出现在我们面前。也许讲述视角不一样，但浓浓的手足之情一定会贯穿始终。

还有那些让人眼花缭乱的一个又一个出人意料的"彩蛋"——"我"的幻想，既令人捧腹，又让读者从中窥见孩子真实的内心世界。那是一些成人不以为意，却在孩子心中跳跃、在书本之中闪烁的小心思，也就是童年的秘密。

以上种种，共同成就了这样一本图画书——它天然带着童年这块画布上的底色，想要不五彩斑斓都很难。

著绘者简介

著者：
朱迪思·维奥斯特（Judith Viorst）

美国作家、媒体撰稿人和心理学研究者。她同时为成人和儿童写作。代表作《亚历山大和倒霉、烦人、一点都不好、糟糕透顶的一天》写于1972年，获得多项大奖并畅销至今。书中那个倒霉孩子亚历山大引起了全世界孩子的强烈共鸣。作者还写了一系列以亚历山大为主角的图画书，均有不俗反响。2001年，作者荣获美国妇女与家庭研究中心颁发的"资优妈妈"终生成就奖。

绘者：
艾诺·洛贝尔（Arnold Lobel）

美国知名童书作家，凯迪克大奖得主。他的作品总是温情脉脉，故事性很强，趣味十足。对于诸如勇气、意志力、恐惧、智慧、友谊的本质等关于成长及富有哲学意味的论题，艾诺·洛贝尔尤其擅长通过人物本身的行为娓娓道来，让读者不经意发出"啊！"的赞叹。代表作有"青蛙和蟾蜍"系列，其中《青蛙和蟾蜍——好朋友》荣获1971年凯迪克大奖银奖，《青蛙和蟾蜍——好伙伴》荣获1973年纽伯瑞大奖银奖。